歌集

貝のむらさき

清原洋子

Kiyohara Yoko

六花書林

貝のむらさき　＊　目次

I　風の記憶

装幀　真田幸治

貝のむらさき

Ⅰ　風の記憶

貝のむらさき

拾ひしは鳴砂の浜の貝ひとつその紫をてのひらに愛づ

薪能の正月会はむ約束を残ししままに友は逝きしか

友逝きて葬りへの道雨　みぞれ　雪に変はりし果てのむなしさ

三月の風は冷たく絡みつきビルの底なる信号を待つ

携帯の電話がもしもつながらば他界の友を呼ばむと思ふ

風の記憶

夕顔の蔓のびのびてこの夕べ巻き取られゆく君の自転車

自転車が知りたる風の記憶をばひそと聴きゐる夕顔の耳

自転車に絡まりて咲く夕顔の花がひらけるその夢おもふ

てつせんのむらさき匂ふ夢のなか花実ふくらむ家垣ひそか

雨待ちの庭にこぼるる花びらのたゆたふ白ぞ　終のはなやぎ

淡紅《うすべに》の種子に酸味を抱へもつざくろ裂けつつ静けき夕べ

ぴりぴりと輝のいりゆく石榴の実明るく過る風と光が

春の夜

春の夜は母の味なる葛湯よし指の先まで温むるものを

桜見に行かず仕舞ひとなりたれば取り残されしわれかと思ふ

畳みてはまた取り出して着る服よはつ夏の街に装はむがため

留守勝ちの夫ゆゑ寂しと思ひてか友は子猫を飼へと奨めつ

ぼうたんの花衰ふる真昼間を巣づくる蜂の羽震はせり

風ありて書棚のガラスをさはさはと明るめてゆく庭木のみどり

日本のサッカー勝利伝へゐる女子アナウンサーの声弾むなり

新聞をひらく音など聞こえきて人ゐる気配の何か温しも

翳りなき静物なりやテーブルの端に置かれしからあげランチ

翅が欲し

嗚呼フーガ　楽のやうにも発つ蝶か愛しみ見れば黄なる華やぎ

わらわらと発つ危ふさに黄の蝶を誘ひてやまず秋の光は

黄の蝶の飛び立つごとき花の夢見つつ明るし吾が誕生日

薄ら陽の差しつつ湿り雪のふる明日の集会不安がらせて

外灯の明かりのなかにとらふれば寄りそふごときぼうたんの雪

幕開け

翅ひとつひたに明るき其を持てばいつか軽がる飛び立てさうな

おそれつつ幕開けしたる舞台なり緞帳下ろさむ時せまるかな

緞帳の絵柄にふたたび覆ひゆく舞台の幕引する役目なり

うん　うん　と頷きをればその責めを吾に渡して君の明るさ

華々しき舞台ゆこぼれくる光まぶしくみつめゐたる昴り

逝く雲の歌

どんぐりの数多落ちゐる石段の険しきをゆく師の歌碑の辺に

作山暁村歌碑

夕かぜに篠笹さはさは揺れながら暁村の歌碑なぞりてやまず

逝く雲をかすかに染めて沈みゆく今日のひかりの金色仰ぐ

雲の上の雲を詠みましし師の歌に枯れ葉こぞりて足元に添ふ

碑《いしぶみ》の台座のほとりにかさかさと寄りくる柏さくら松の葉

花のかがやき

灯が照らす赤きダリアの花の翳濃くまた淡くこころに残る

一本の電話の線に声乗せて灯に輝かす花のかがやき

梅の花開きさうなる枝に降る一昨日《をととひ》、今日の雨静かなり

山茶花の垣根を高くカウ、カウと鳴きゆく群れを立ちて見送る

山茶花の垣根を昇る朝の光《かげ》寒の立ち居を輝かせつつ

桐の花散りしく道のひとところしるきむらさき避けて通りぬ

雨降らぬまして名残の雪も見ぬ庭土なれど粗草芽生ゆ

つやめきて口説きの文句さながらに情けごころが君より届く

とりどりの花にて「虹」を描きたる祝ひの花の届く三月

祝ひにと遣はされたる花々のいのち見届け花弔ひぬ

運ばれて揺れゐる紅き花の首はなれ行かずや瓶置きしとき

ささやかな今日の幸ひ　栗の花しるく匂へる夕道帰る

囲碁クラブ休みとばかり戻り来てひととき主婦の役もつ夫

泰山木

泰山木の若葉囲みの七つ八つあをき蕾にふる雨やさし

眠りゐる猫をふはりと撫でやりて華やぎわれは誰訪ねむか

みどり増す照葉紛れに膨らめる泰山木の花待つ日なり

白妙の花は仰ぎて見るばかり泰山木は天空の華

たつぷりの水に挿したる泰山木ま白き花を切るに惜しめり

花開き閉づる無音にしるき香を吐きてま白し泰山木は

あこがれはわが歳月の庭に咲く泰山木の触れがたき白

言霊

男心《をごころ》の研がれ研がるる言霊の森を分けきて浴ぶる火の粉か

久びさの友の電話と思ひしを震へる声に訃報告げらる

一合の二合の酒と杯に君吟ずるや冥府より来て

旨しよと奨められたる銘柄にひたすらありしか醱酵のとき

霧深し何か奥処ゆこぼるるを山の茶房にありて聴きをり

幾春をかけて逢ひ得しこの年の上溝桜の白き花房

白き花咲きゐるところ戻りきて日の暮るるまで庭の草引く

振り絞り開ききりたる百合の白残り一つの花は小さし

傾ける秋陽負ひつつ入り来たる風あり風に立ち上がらむか

過剰を削ぐ

髪を切る鋏光らせ美容師がわれの過剰も削ぎてゆくらし

歳月は人を待たずと言ふからに急ぎつつゆく吾の山道

遥かなる空を目指してきたれるか右折し左折しゆく道なるを

きはやかな虹を見たるはまぼろしか行けども行けどもその虹遠し

靴ひもを踏みてよろけて泥濘にバッグ泳げり吾も泳げり

風花の舞ひ

今日のこと誰か聞いてよ風花のひたに舞ひ舞ふこのひと時を

急がねばならぬ吾らよ兎も角も今すぐ走れ走りて止まむ

悔恨の在り処展かば野の末の午後の光に撲《う》たるるばかり

みんなみんな隠れ上手よ炎をば掲げて探す鬼となりしか

雨の真夜襲ふおもひの次々に輪をなしながら燃え尽きるかも

聞きたきは今はそこまでその先は萩の細枝の揺るるに任す

雨上がり雲に残れる夕あかね嘘の中なる真かと思ふ

沈みさうな電話の声を聞きながら巻きゆく渦の端にふれたり

足元に黒くばさつと降りてきて人を恐れぬ鳥が歩む

窯の炎

曳かれつつ躓き転ぶ掃除機を従はすかな小腰かがめて

目一杯に伸びたるコード巻き取りて静かにしづかに掃除機を置く

寂しさは石のごとくに積まれをり流れる雲の千切れ千切れて

「硫黄山」硫黄のやうに吹き上ぐるその寂しさを離れ見てゐる

この会の予定は変へず替へられず笑顔の増し来大雪のなか

自爆テロのやうな怒りに逆らはず渇く思ひに秘か見てをり

屋根に積む雪の重さに押されてやギシギシ襲ふ頭痛ありたり

雪の夜に青き瓶など取り出でて戴ききたる花束ほどく

包まれてまた包まれて届きたり窯の炎《ひ》のなかくぐり来し壺

降り積もる雪透かしつつ何を見むガーデンライトの照らせる向かう

時かけて君に会はむと吾がくるま雪分けてゆく野を分けてゆく

ピアノ協奏曲

ラフマニノフ今日こそ聴かむと雨に濡れ光る道ゆく高架橋ゆく

亡命の何方《いづち》に書きしものならむピアノ協奏曲に人ら静もる

荘厳に柔和に澄める音ひびく祝典序曲のトランペットが

ショスタコーヴィチの祝典序曲を聴きながら思ひもせざる泪あふれつ

被曝禍

またしても眼を開けられぬこの空の花粉　セシウム　汚染微粒子

線量を計れる庭のかぜ凍る原発事故のあの日まざまざ

汚染値を腰の高さに調べゆくベランダ雨樋枯れ芝の庭

除染などせずにありたし町内会の誰の顔にも滲むあきらめ

富　智力　快適の謂《いひ》原子炉のプルトニウムよ寵児であつた

地震止みて部屋に差しくる朝光を掠めつつゆく鳥の影あり

セシウムに竹の子春の味まさり口許ゆるむ主婦ら明るく

筍をたべしことなど言ひにつつ内部被曝の検査うけをり

届きしは未来　金文字のダイアリー残されてある余白眩しも

テレビ会議

スクリーンの闇に始まる「東電のテレビ会議四十九時間の記録」

テレビ会議の六コマ画像の声迫り募る動悸に耐へてゐるなり

原子炉の熔けゆくまでを映すとき狂はず刻むデジタル時計

フクシマを襲ふと迫る台風に雨戸を閉めて待つ吾らなり

大型の台風襲ふ原発の爆ぜたる跡はそつとそのまま

六ヶ所村のみどりの沃野に抱かるる核燃料の施設のいくつ

きりきりと隙なく角に組まれたる燃料棒は鋼色せる

展示室に明るく置かるる燃料棒レプリカなれど思はず退《しさ》る

文殊とや菩薩のおん名語らせて開発などは遠退きたりしや

耐ふるべき思ひならむかこの小豆セシウム秘めて沈むくれなゐ

わが余白たしかむるがに窓際の風と光が日記を捲る

原子炉が壊れ汚染を広げたるあの風向きに吹く今日のかぜ

酷暑の翳り

ラグビーボールのやうな西瓜を土産よと言ひつつ夫の声弾みたり

太陽の力溢れてじりじりと息する胸の奥まで焦がす

すべすべと縁《ふち》の崩れのなきまでに震災前の雲美しき

ほぐれつつ形変へたりゆく雲は酷暑の中の翳りやはらぎ

声調はささやく如く壇上の「櫻井よしこ」阿《おもね》らぬ好し

やはらかに是非を質して被曝地の吾らを励ます櫻井よしこ

春夏秋冬

雨樋に残れる雫こぼしつつ朝の雀ら嬉しかるらし

ふはふはと雪虫しきりに飛ぶ庭の枯るるも美しきあやめと思ふ

渦巻きの殻の虚ろを背負ひたる蝸牛よ角が乾くぞ隠せ

ハイブリッドの車よ走れまひまひが触角伸ばし遠く目指すを

菊月の夜を込むる雨ひたひたとわれの蝸牛が喜べるらし

炎熱にわれを焼くなと思ひつつ朝のカーテン開け置く日なり

冷房をつけずに窓を開けたれば隣家の声の届きくる朝

燃ゆる陽に吾の眼の眩みつつ地上の責めにふとよろめくも

夏草を震はせながら降り出しし雨にわれらの話うるほふ

バシャバシャとひかり帯びつつ夕立は今日の奥より走りきたるも

耳の奥そのまた向かうに届くまでかはるがはるに啼く蟬の声

やはらかき八ツ手のみどり葉ひろげつつ北窓隠す夏とはなれり

血を吸ひに来し蚊のひとつ打つ手もて九月の暦一気に剝がす

ゆきやなぎの枝を撓はせ餌を待つ雀の数の増しくる朝

小寒の雨さらさらさらと降りゐるを耳底にして帰りなむいざ

ブティックの試着の窓に雪降れり薄手のコートが春を招くに

谷間《たにあひ》のかぜに乗りつつ桜花ひかりとなりてむかうに消えぬ

助手席の窓の近くをたゆたへる桜ひとひら吾に寄りたり

栗鼠を待つ木箱が見ゆるレストラン春の光の降りゐる中に

水鳥の羽に包まれ眠る夜やふはふは吾は飛びたてさうな

風吹けば風にあやかり帚木《ははきぎ》の種をこぼして夕べとなりぬ

雨雲の増ししあたりかワイパーに拭ひきれざるわが思ひなり

深雪に幹の裂けたる沈丁花梅に凭れて花咲き匂ふ

福島に起つ

賜れる時間長しと思はねど雪のひと日をしづくし止まず

山茶花の照り葉の上を波立たせ季節外れの風が寄せたり

夏の怪我庇ひてきたる右足のふんばりて立つ今福島に

沿岸にソーラーパネル連ねつつ夏の陽ざしを集むるが見ゆ

カタカナ語暗号めきて届きたり声に乗せれば出口かしれず

海辺の鴉

音すれどフロントガラス創もなく頭上を掠めてゆく鳥のあり

寝ねぎはを激しき地震に灯が消えて闇が窓まで這ひ来と思ふ

激震のさ中這ひつつ摑みたり闇の中なる小さな空を

地震ありて停電の夜をやはらかに灯しつづけるガーデンライト

避難先を決めおかれたる吾らなり汚染如何程か怖がるべきを

一年半のあはひに余震の八千余加へてつづくセシウム汚染

駐車場の人も車も流されて仙台空港うつろとなりぬ

雨雲

雨雲よ吾妻の嶺に湧きて来よ天の日傘の欲しくてならぬ

雨少し降りてよろこび合ふわれら見下ろし鳴くや山鳩のこゑ

どっと降る雨招きてや雨雲の流れ呼び込むを祝詞と言はむ

駅前の広場横切り坂沿ひの商店街ゆく墓参のために

いぶかしむ顔は崩れて親しげに迎へられたり帽子を脱げば

墓仕舞ひ

いよいよに穢土を離るる仏らか僧衣の裾に風まつはりて

姑が逝き継ぐ人なしに祖たちの墓を閉ざして夏過ぎにけり

墓仕舞ひ明細抜きの一式を石屋に委ねもどり来しなり

葬儀屋がすべてをやればきのふ今日影絵のやうに手伝ふ吾か

ゴミ出しのルールが話題となりてゐる御斎《おとき》の席の町内の人

啼く声は白鳥《くぐひ》の群れと思へどもめぐりの屋根に隠されにけり

二羽につき遅れて一羽の組がゆく白き翼を軋ませながら

橋

一年のめぐりて早し震災と原発事故の話題ばかりに

放射能に追はれず棲みて冬となり何か恐ろし雪の降る日が

雪解水たたふる川を越ゆるとき橋の向かうの信号は青

渡り来し橋を再び戻りゆくぼたん雪をば胸にも受けて

鳴きながら群れを離るる白鳥の一羽の影を遠く見てをり

表土剝がされ細根あらはな牡丹《ぼうたん》のしかもかぎりの花のくれなゐ

うす紅のぼたんの花の羞しさを吾に移して夕ぐれとなる

高ければ音は聞こえず夕空の茜を曳きて飛行機ゆくも

音たてて洗面器など攫ひつつわが庭の辺を過ぐる夜嵐

Ⅱ　硝子の器

扇子

麻酔二本打たれしばかりに神経の叢鎮まりて歯は削られつ

歯科医師に削られてゐる自らの骨の匂ひを知りつつぞ堪ふ

いち日を歌会に使ひ夕ぐれを歯牙削られて戻るわが家

墨いろの秋の草絵の折山を宥めるやうに扇子をたたむ

久那斗神の座れる畦にさきがけて彼岸の花の何か明るし

夏祭り

パンパラと外れ太鼓の音やさし団地めぐりて子らの山車ゆく

一拍の遅れのままに枹《ばち》を打つ独歩どつぽの先見るごとし

稲妻が奔れど姉を離さざり祭り太鼓に急かされながら

入道雲のふち金色に染めながら七月尽の太陽しづむ

台風の目

梢ゆく風の高みに見るならばぬかるみ路も平らかならむ

十月のしとどの雨に濡れひかる地図をたたみて坂の道ゆく

大型の台風上陸告ぐるこゑその目の輝《て》りを見つつをののく

次つぎに日本を毀す災害に肉を削がるるやうな痛みぞ

雨戸囲ひの暗き底ひに覗く陽のひかり　台風の目にてあらむか

ツアーのバッジ

旅行社のバッジ目立たせ緩やかに人の輪締めてゆくツアーなり

旗を持つガイドの声にぞろぞろと信号わたれば園児のやうな

仰ぎ見る姫路城なる天守閣とほき閑けさたたせて聳ゆ

宮津湾の砂州の水面のしらじらと松の並木の影揺らしをり

焼討の歴史遥かに延暦寺のくらき須弥座にともる法灯

地球儀

アフリカより地球儀回し朱染むる小さき列島なぜか痛まし

これの世に息づきをれば地球儀を置き換へむとして何とも軽し

地球儀のほこりを払ひプロメテウスの罠の類も払ふ朝なり

つぎつぎに引出し開き見せらるを或いは毒など潜ませをりや

傾ける秋陽負ひつつ入り来たる風あり風に立ち上がらむか

コロナ禍の今

春の窓ひらけば花粉はた黄砂コロナ禍の今マスク離せず

せめてあと十年元気に過ごしたし美容室にて誰言ふとなく

零下より夜毎囲へる鉢あまた陽射しにならべ花を待つなり

どの客もマスクの顔の白じろと慎み深く銀行に佇つ

かほ半分マスク隠しの口閉ぢてコロナを塞ぐ呪文のやうな

三密を避けてこはごは窓開く茶房しきりに蚊虫らが寄る

草叢の細き若木に瑞々と滴るばかりに杏子熟れたり

吐く息に曇るめがねは外されず鼻の先までマスク下げたり

梅雨寒にマスクの思はぬ温かさ物言ふ口まで隠されたれば

欧州のペスト遮る海あれど波間に揺れし小さきこの島

ヒステリックに物言ふひとらコロナ禍の捌け口を誰へ向けむとしてや

家畜らの感染防止を殺処分と言ひて片付けらるるいのち悲しむ

戦争よりコロナ禍酷しとふ囁きの日ごとリアルになりくるやうな

鮮やかな菊の酢漬けをひと箸に摘めばわれに起ちゆくこころ

梅ならず細き石榴を撓らせて今朝の鶯ひたに鳴くこゑ

山道を分けて今年の花を見るコロナコロナに拉《ひし》がれさうで

震災に揺れし桜のひとしきり霞みかすみて咲く花のいろ

冬ばらの棘

絵画展の新聞欄の広告を風さやさやと裂く朝なり

寒肥の類を薔薇にほどこしてくれなゐ著き大輪を待つ

暮れ際をざくろ捥ぎ取り裂け目より陽を導きて紅き実ほぐす

出張の夫見送りて懐かしき味とふ空港のカレー食べをり

雨雲の増しゆくところワイパーに拭ひきれざるわが思ひなり

雨はげしく見通し霞む高速に震ふ「携帯」鳴るままに置く

覆ひたる雲の暗きを突き抜けて夫ゆく空の明るくあらむ

喪の道

病みゐるとそれのみ知りて会ひにゆくヒマラヤ杉の道ふた分けに

今更に欲しきもの無しと呟きつつ心経の本閉ぢ給ひしか

此岸への執着捨てて澄む君に俗世のことを言ふ愚かさや

雪の降る睦月如月あひ次ぎて従兄弟みまかりゆきし喪の道

硝子の器

歌ひとつ浮かび来たるをメモし置く鰺に抱かせる氷《ひ》の溶くる間を

ＩＳの惨も見ゆるや熟れすぎの桜桃の載る硝子の器

忘れ物扱ひされて遠世より抜け出たやうな傘さしてゆく

側溝に雪寄せられてうづたかし山茶花散りて滲むくれなゐ

カウンターに近づく吾の逐一に合はせて動くＡＩロボット

ロボットに思はず「なに」と言ひたればゆつくりゆつくり顔向けきたる

瞬きもせざるロボットが見つめくる大き眼を思はず撫づる

夕せまり登る階段険しけれ西の空なる光見えつつ

親指の指紋の薄れにコロナ禍は何処も手指の消毒の攻め

雪よりも僅かな雨の降る午後を地元いちごの赤きを買ひ来

スーパーの棚すかすかに重ねゆく玉子に軋む台車がきたる

にはとりがいのち削りて生むたまご料理の味を優しくつつむ

病室の扉閉めきて家路へのメンデルスゾーン楽やさしきを

広島の日

広島の七十五年目あたらしき原爆犠牲者を灼く夏の空

エノラ・ゲイに大きな任務負はせしをその権力の測り知れずも

死の谷を歩む彼らに主のいのり垂れて発たせきテニアン島を

死の一撃を落としし大佐の高揚に主なる祈りの届きゐたるや

原爆の記念式にて黙禱の後の着席みなしづしづと

雪孕む風

夫と来しことがせめてと思ふなり東京の一日を歌舞伎楽しむ

歌舞伎座が新装なれば夫と見る筈にありしよその役者逝く

誰か過るといふにはあらぬ外灯の影の揺らぎの止まぬ夜の窓

梅若玄祥のネキアの舞の顕つまでに能楽堂の何か寂けし

背後より押されつづけて奔るなり雪を孕みて吹く風のなか

コンサート

ヴィオラ弾くアミハイ・グロス傾ぎつつモーツァルトが乗り移るなり

シューベルトの曲溢るるを零さじと両の手しかとにぎりてゐたり

コンサート終へてかへるに寒の雨止めば下弦の月光さし来

耳よりなはなし

風の手が放しゆきたるその一つ朴の広葉の裏返るまで

風音の休むごとくに陽が匂ふ降り積もりたる落ち葉のなかより

耳よりな話は傍の夫ならず夕顔の花に聞かせてゐるも

花鞠

あぢさゐの花鞠いくつさびさびとつづく湯の町みづの音する

友よりも早く発ちたる吾が列車いつしか闇を走りてゐたり

その夫に先立たれたる義姉なるを御骨は孫に抱かれゐたり

咲きのぼりゆく花の翳おそ秋の姉の納骨ひめやかに終ふ

虹の帯に包まれてゐる里山よ夷狄《いてき》あらはれ追ひくる勿れ

義民の碑立つくさむらの明るきは過ぎし夕立が降り残したり

硬き棘つぎには枝をつめて待つ大輪の薔薇の著きくれなゐ

夫の呼吸

包丁の荒研ぐ音に乗りてくる夫の呼吸を聴くさまにをり

包丁を研ぎしことなど言ひもせずまた深々と椅子に拠る夫

運転を夫に任せて枯野ゆき西陽のなかに顔焼かれたり

逆さまになりつつ石榴を啄める小鳥にその実三つ四つ残す

濃き淡きくれなゐしるき石榴の実裂けしを籠に溢れさせゆく

灯の下に石榴の粒をほぐすなりくれなゐの粒のかがやくまでに

しきり降る雪の深さに覆はれてああ身の淵の痛むが如し

蜂の巣

あこがれの舞楽公演待つ日々を軒の蜂巣も育ちてをりや

湯上がりを腕の上げ下げしながらに背筋伸ばして遠きを見むか

ひとしきり雪降る二月の昼過ぎを母の忌日の花買ひにゆく

スーパーの切り分け野菜購ひて愛しきわれのいのち養ふ

酒瓶の口の堅さも漸くに開きて酌まむ出羽の旨酒

隣との境は越えてスコップに掬ひて運ぶ二月の雪ぞ

傘立てに何時か増えたるビニールの傘の透けるを愛しむわれか

みぞれ降る三月のすゑ人の死を知らせにゆきて貰ふ花の枝

くれなゐに垣根彩る山茶花を傷めつけてや突風の吹く

五十五歳のむすこを葬るその母に止みてまた降る水無月の雨

日の暮れを猫呼ぶ声に誘はれて流れてきたる花の香なるも

側溝といへど華やぐ薄紅のにほふ桜の花びらもあれ

雨欲しと頤上げてみるわれに光溢れて落ちよと思ふ

姉逝く

訪ふと言へば喜ぶ姉なれど閉ぢしまなこのひらかざりにき

薄暗くなりしこの部屋そのまなか白くまぶしき姉の亡骸

震災の辛さは言はず逝きし姉降りに降りたる雨の日の通夜

坂の道

右足の甲の痛みに歩くたび思はず吾の顔ゆがみたり

ピンセット持てる医師の手輝きの一ひらをもてわが闇掬ふ

日本産しじみに砂を吐かせつつ珊瑚密猟の外つ国嘆く

待つだけが手立てのやうな夕ぐれを雪虫　綿虫夢のごと飛ぶ

ああ眼鏡わたしのメガネと探すひと関さん似なれば呼んでみたしも

弥陀仏の留守なる奥処に踏み入ればただ深閑とそのがらんどう

柴五郎の新書互みに読み了へて友と会ふなり花咲く四月

友と今別れきたりて夕ぐれをうねうね下るこの坂の道

朝靄を分けつつ走る新幹線車内販売のコーヒー香る

窓枠の空

友の背の木蓮の木に風あれば描き消しゆく窓枠の空

湖沿ひの枯れ葉匂へる風のなかゆらゆらとくる学童の列

服　帽子　白づくめなる児童らの体格良きは最後にきたる

杉の一樹

曇り日をひたに鳴きゐる鶯のこゑ褒めやればつづけて啼くも

ねむごろに当つるてのひら待ちてゐる杉の一樹は吾かと思ふ

夕ぐれを鳥のいくつが揺らしゐる電話線よりこぼれくる声

いち人を讃へ止まざる往還のこゑに膨らむ空《くう》をゆく線

春雨に藍色の傘さしながら久びさの友と会ひに行くなり

曖昧の森

帰りきて冷たき水に手をやれば漸く吾に戻りくるなり

富士山の冷えたる水を飲み干して曖昧の森抜け出でむかな

いまいちど名乗らせ給へ十六夜の下照る道を戻り来しかば

微量の毒

たつた今裏返ししと思ふまで日照りつづきの庭の紫陽花

夏糸の捩るるままにわが生の遠ひかれるを見る夕べなり

微量なる毒の入りしを思はせて友が浮かぶる美しき笑み

同じことまた書かすかと渡さるるわれは開かぬ個人情報

唯ただに頭《かうべ》を下げてゐるばかり花揺れ止まぬ翳りのなかに

かぜの手

風の手に肩寄せ踊る境界のあかめやなぎと檜葉の青垣

花々の咲く春なれど夕ぐれを雨粒ひとつに背中冷たし

大輪に咲く筈なりし薔薇の木が昨夜の風に裂かれて無惨

黄の龍

ゴビ砂漠の乾きに覚めし黄の龍か日本の空に舞ふが如きは

読み了へて活字逃げたる新聞を横目に畳む洗濯物も

ワクチンに大事な命曝すかと知り人からの雨の夜のこゑ

ありもせぬ日本ばなしを言ふやうに毛虫が木犀の硬葉を齧る

接種などせずに済むなら雨の夜の誘ひに乗るかと惑ふばかりぞ

ワクチンを打つに何度も言はさるる番号名前われの生まれ日

ワクチンの三日も経てば治まると聞きしがずんずん痛みゆくなり

黒毛馬

神田日勝《にっしょう》　描きのこしし黒毛馬その後脚の蹴りしを思ふ

日勝の黒毛つやめく筆のあと描き置きしは馬の魂かも

おいそれとは仲間にされぬ新顔の牧のふた駒離れ立ちたり

客となる吾を横目に見つめゐる睫毛も白きメリーなりけり

道産子のメリーの赤き鞍の上温みほつほつ伝はりてくる

身を震はせて
桜樹のひと葉残さず喰ひゆくをアメリカシロヒトリの日本侵略

ま裸に食ひ尽くさるる桜樹が息耐へ耐へに宙攀づるなり

さくら好きの毛虫這ひゆく先いづこクロワッサンを食ひつつ思ふ

あとがき

　このたびの第二歌集『貝のむらさき』は、前歌集『冬の虹』に次ぐ私の第二歌集です。

　東日本大震災のすさまじさに抗う術もなく、只管耐えたあの瞬間、私は思わず「歌では足りぬ、言葉は無力、言葉は無力」とひとり何度も呟いていました。しかし、日常の様々な空疎を埋めてくれていたのも短歌でした。そして、皆さんと繋がって、励まされながら歌に戻ってくることができました。

　三月十一日の大震災からまもまく十年が経過という頃、始まったコロナ禍、また度重なる地震に見舞われ、歌集の出版を逡巡する私に、あらためて出版の決心をさせてくださったのは、波汐國芳先生でした。歌集には、「歌と観照」、地元の季刊誌「きびたき」に発表した三百三十一首を纏めました。

六花書林の宇田川寛之様の助言をいただき、関係する方々にも、準備不足のところ大変お世話になりました。深く感謝いたします。皆様のお世話により、このようなかたちで上梓することになりました。

皆様の感想などいただければ幸いです。

令和四年十一月十日

清原洋子

著者略歴

清原洋子（きよはらようこ）

昭和19年　福島県桑折町に生まれる
昭和49年　「歌と観照」入会、現在選者
平成18年　岡山巌賞受賞
平成24年　歌集『冬の虹』刊行
日本歌人クラブ東北ブロック優良歌集賞受賞

現住所　〒969-1627
福島県伊達郡桑折町諏訪34－5

貝のむらさき

（歌と観照叢書第307篇）

令和５年１月15日　初版発行

著　者――清原洋子

発行者――宇田川寛之

発行所――六花書林
〒170-0005
東京都豊島区南大塚３－24－10　マリノホームズ１A
電 話 03-5949-6307
FAX 03-6912-7595

発売――開発社
〒103-0023
東京都中央区日本橋本町１－４－９　フォーラム日本橋８階
電 話 03-5205-0211
FAX 03-5205-2516

印刷――相良整版印刷

製本――仲佐製本

ISBN978-4-910181-43-1 C0092